소도리쟁이
밥주리

이야기꾼 잠자리

제주어 디카 동시집

소도리쟁이
밥주리

이야기꾼 잠자리

글·사진 **양순진**

소도리쟁이
밥주리

이야기꾼 잠자리

작가의 말

5년 전, 즉 2019년에 제주어를 아이들에게 알려야겠다는 마음으로 제주어 동시집 《줌녜영 바당이영》을 세상에 내놓았어요. 그러나 그 당시에는 저보다 더 제주어를 사랑하고 실력 있는 제주어 선생님들이 많았기에 제가 비집고 들어갈 틈이 없다고 생각했어요. 제주어보다는 독서논술, 동시, 인문학, 동화 쓰기 등을 지도하느라 제주어를 미처 챙기지 못했죠. 그사이 제주설화동화집 《그리스 로마 신화보다 더 신비한 제주설화》, 제주생태동시집 《반딧불이 놀이터》, 제주 담은 디카시집 《피어나다》를 출간하며 또 다른 글쓰기에 전념했어요.

그러나 '가르친다는 것은 배우는 것'이라는 진리를 확고히 깨닫게 된 계기가 저에게 다가왔어요. 늘 마음 한 구석에 제주어에 대한 애착이 남아있었는데 올해 제주어 강사 모집에 당당히 통과했고 4개의 학교 아이들을 책임지게 되었어요. 또한 대학원에 진학했는데 반드시 제주어에 대한 논문을 써야겠다고 다짐했죠. 그래서 더 열심히 제주어에 관심을 가졌고 아이들과 직접 부딪

쳐 제주어와의 동행을 시작했어요.

　제주어를 배워야겠다고 마음 먹고 항상 제주어를 공부하고 연구하는 입장에서 몇 년간 지내다가 막상 현장에 들어가니 깜짝 놀랐어요. 텔레비전이나 SNS, 쏟아지는 제주어 서적에서 보여지는 제주어 전파가 구석구석까지는 아직 황무지라는 생각에 다다랐어요. 선생님들은 잘 이끈다고 생각했지만 아이들은 아주 쉬운 제주어도 몰랐고 무엇보다도 슬픈 건 제주 아이들인데 제주어를 발음하고 사용한다는 걸 아주 쑥스러워한다는 사실이었어요. 물론 학부모님들도요.

　왜 제주 사람인데 제주어를 굳이 공부해야 하느냐고 묻는다면 내가 썼던 제주어 외에 타지역(제주도 동쪽, 서쪽, 서귀포시, 제주시)의 제주어, 할머니 할아버지가 쓰던 제주어 등을 알아야 하기 때문이에요. 왜냐하면 제주어는 2010년 유네스코(UNESCO)가 정한 '소멸 위기의 언어' 5단계 중 4단계인 '아주 심각하게 위기에 처한 언어'로 등록되었기 때문이에요. 지금 여러분이 사라져가는 제주어를 나 몰라라 하면 이토록 구수하고 아름다운 제주의 말과 글은 없어져 버려요. 그런 일이 생기면 슬프겠죠. 수백 수천 년 동안 제주인의 삶과 혼이 담겨있는 문화유산이 사라져 버린다는 건 바로 우리들 정체성마저 사그라들게 된다는 거니까요.

　학교로 나가면서 가장 불편했던 점은 아이들의 수준에 맞는

마땅한 교재가 없다는 거예요. 어떤 날은 아이들의 흥미를 돋우기 위해 가방 세 개에 자료들과 놀이 재료를 갖고 다니기도 했어요. 아이들에게 제주어를 지도하며 느꼈던 것은 제주어 선생님은 만능예술인이 되어야 한다는 사실이었어요. 제주어 노래, 시낭송, 연극, 뮤지컬, 시 쓰기, 놀이, 그림 그리기, 사진 찍기 등 다양한 모습으로 아이들에게 다가갔어요. 제가 가장 자신 있는 것은 물론 시 쓰기와 사진이었죠.

그래서 저는 한 번에 두 마리 토끼를 잡는 격으로 제주어 동시를 사진과 곁들인 디카 동시집을 만들게 되었어요. 1부, 2부로 나누어 1부에서는 순수하게 제주어 동시만을 맛보며 익히게, 2부는 다시 표준어로 디카 동시의 맛을 즐길 수 있게 엮어보았어요. 이 지구상에서, 우리나라에서, 제주도에서 처음 시도해보는 형식이지만 아이들이 보다 쉽게 제주어를 눈으로, 손으로, 입으로, 마음으로 받아들일 수 있게 저만의 방식으로 세상에 내놓게 되었어요.

특히나 뒤에는 '양순진 시인의 제주어 사전'을 1단계에서 15단계까지 만들어 보았어요. 한마디로 이 제주어 디카 동시집 《소도리쟁이 밥주리》(이야기꾼 잠자리)는 동시집 겸 디카 시집이고, 제주어 동시집이면서 제주어 교재라고 할 수 있어요. 이제 저는 가방 하나에 PPT가 담긴 USB와 포인터, 제주어 책 몇 권, 활동지, 놀이 재료, 그리고 이 디카 동시집만 담고 가서 여러분과 만

날 수 있답니다. 가방 하나만 들고 가도 충분하답니다. 어쩌면 앞으로 죽을 때까지 제주어 선생님으로 남을 저를 위한 선물이기도 해요. 더불어 많은 제주어 선생님들에게도 좋은 선물이겠죠.

참, 디카시가 무엇인지 궁금하시죠? 요즘은 어른이든 어린이든 누구나 스마트폰을 갖고 있잖아요. 디카시란 디지털카메라로 자연이나 사물에서 시적 형상을 포착하여 찍은 영상과 함께 문자로 표현한 시를 말해요. 순간적으로 스치는 생각의 포착을 위해 시인은 늘 예민한 감각으로 깨어있어야 해요. 디카시는 일반 문자시처럼 머리 싸매고 상상해서 쓰는 게 아니라 자연이, 사물이 던지는 말을 순간적으로 받아 적듯 쓰는 것이랍니다. 이미 사진(이미지)으로 말하고 있으므로 문장은 5행 이내가 바람직해요. 사진을 그대로 말하는 포토시와는 달라요. 반드시 비유와 상징이 들어가야 하거든요. 좋은 동시 공부도 되고 쉽게 제주어와 친해지는 계기도 될 거예요.

사실 저는 제주도에서 활동하는 탐라디카시인협회를 만든 회장이기도 해요. 이미 도서관에서 어른들을 지도해 전시회도 열었어요. 서귀여중 제주어 동아리도 디카시 전시회를 했고, 강정초와 하례초에서도 제주어 디카시를 지도했답니다.

어린이 여러분, 제가 제주생태 동시집《반딧불이 놀이터》에서는 '생물학자처럼 살아가는 시인의 시선으로' 시를 쓴다고 했는데 이번 제주어 디카동시집《소도리쟁이 밥주리》에서는 '제주의

모든 것을 눈과 손과 마음으로 받아 적는 사진가처럼 살아가는 제주어 시인의 시선으로' 시를 썼다고 말하고 싶네요.

지난 가을, 4개월 동안 관찰하며 친해진 잠자리 한 마리를 여러분 창가에 놓고 갑니다. 2024년 우리나라 최초로 노벨문학상을 받은 한강 작가의 소식으로 세계가 들썩입니다. 저는《소도리쟁이 밥주리》덕으로 11월 제주꿈바당어린이도서관에 제주어 작가로 초대되어 북토크를 엽니다. 똑같은 질량의 기쁨인 것 같아요. 노벨문학상만큼이나 저에겐 값진 선물이니까요.

여러분, 제주어를 살리는 데는 여러분이 주인공입니다. 우리 만나면 "펜안흡데강?" 혹은 "반갑수다양" 하고 인사하며 웃어요.

2024년 10월 어느 비 오는 멋진 날에

양순진 시인

차례

돌하르방, 편안하신가요　　　　　표준어

이디가 제주도우다, 혼저옵서

제주어

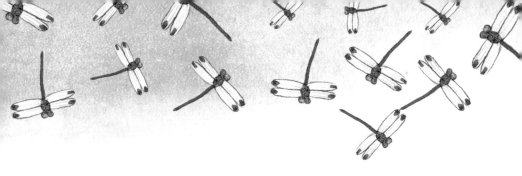

여기가 제주도입니다,
어서 오세요

표준어

느영나영 손심엉
곱닥흔 무을 돌아보카

제주어

너랑 나랑 손잡고
예쁜 마을 돌아볼까

표준어

소도리쟁이 밥주리

제주어

이야기꾼 잠자리

우리 흑교 와보젠?

우리 학교 와 볼래?

표준어

글라글라 고찌 가게
곳자왈더레

제주어

가자 가자 같이 가자
곶자왈에

고넹이영 돌벵이영

_____
제주어

고양이랑 달팽이랑

표준어

소도리쟁이
밥주리

이야기꾼 잠자리

돌하르방,

펜안흡데강

별도봉 철학자

ᄀ실 세벽 동산진 질 돌하르방

저 오름 넘으민 무신 거 이신고
저 바당 저짝엔 무신 거 이신고
자웃자웃

비행기 탕 시원ᄒ게 놀아봐시민

앞내창교 돌하르방

고산서 신도 가는
내창만 직ㅎ 염신가 ㅎ여신디

수월봉광 당산봉 녹남봉도 직ㅎ곡
그 무을 사름덜도 직ㅎ 염저

나도 돌하르방추룩 직힘이가 뒈어사켜

하르바님, 고맙수다

밤이 밤중도 튼 눈으로
제주 직ᄒ는 하르바님
경ᄒ연 제주가 느량 휀ᄒ여마씀

하르바님 덕분에
나도 쑥쑥 잘 커마씀

돌하르방 곧는 말

야이들아, 주들지 말라

공부 흐꼼 못 흐뎅
둘음박질 꼴등 흐엿젠
숙제 까먹어 불엇젠
무음 족아지민 아니 뒌다

비양도 해설사

섬 소곱 섬 비양도로 옵서

비양봉 올르민 비양낭 스방팔방 바당
펄랑못딘 황근 해녀콩 갯패랭이 피어나곡
섬쉐 푸름셍이 바당굴메기 청둥오리 놀레와마씀

코끼리 바우 애기업은 돌 춤말 신기흐여마씀

나를 풀암수다

ᄀ슬뒈민 노리롱흔 귤덜이
서귀포에 ᄀ득 ᄒ여마씀

한라봉 천혜향 레드향 황금향
곱닥흔 이름이 수두룩

과일 중에 질룽이우다

제주국제공항에 오십디가

잘 오라수다 탐라국에
잘 오라수다 감귤국에
잘 오라수다 할락산국에
잘 오라수다 이어도국에

주미지게 놀당 갑서예

ㄱ슬 소풍

나 오널은 멋 하영 부려봤저

초록 넥타이에 초록 바지
ㄱ슬 ㅂ름 술술부난
나도 놀레 가구정ㅎ다

나영 굳이 갈 사름 이레 모이라

의좋게

느영나영 웃이멍 지냄시민
어멍도 둘싹둘싹 웃곡
아방도 홍삭홍삭 웃곡
ᄆᆞ을 사름덜토 덩삭덩삭 웃주게

어깨동무 업어줄락 곱을락ᄒᆞ멍 놀게이

기여기여

무사 기영 나신디 브레는 게 하신디사

공부 일등ᄒ게 헤줍서
부자뒈게 헤줍서
곱닥ᄒ게 헤줍서

기여기여 느네 소원 문 들어주키여

이디가 제주도우다, 흔 저읍서

성산포

제주 오민 멘 므여 촛이는 디

일출봉서 해를 만나곡
섭지코지에서 브름을 선세 받곡
4·3 을큰흔 눈물 터진목서 느끼주

눈으로 보곡 므음으로 애좇주

숨비소리

호를 헤원 물질ᄒ당
아쓱 쉬는 어이

호오이 호오이
안직도 입바우에 둘아진
좀녜 놀레

할락산 꿈

제주 사름덜신딘 귤이 꼿이주
귤이 노랑노랑 익어감시민
할락산엔 와리멍 눈꽂이 피주
동글동글 노란 귤 올게 ᄒ여준 할락산
하간 꿈 멩글앙 또시 돌려주메

제주에 보물

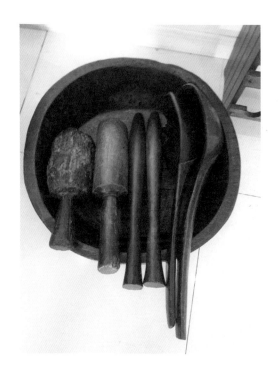

서답마께 덩드렁마께
풀옷마께 밥자
어느 것 ᄒ나 데낄 게 어신게

할망 하르방 물려준 제주 소중ᄒ 보물덜
잊어불민 안 뒈주

제주어 꽂

설문대할망 돌하르방 말 잘 들언댜?

뚤아, 잊어불지 말라이

탐라는 뿔리, 제주는 남뎅이
는 꽂

오름에 피는 어욱추룩

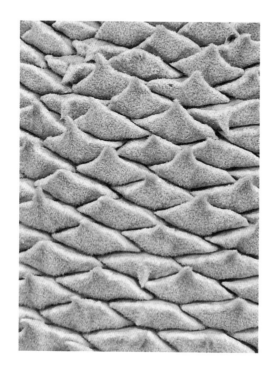

오름 ㅎ나에 신화
오름 ㅎ나에 역사
오름 ㅎ나 ㅎ나마다 꿈이 둘려신게

발치에 돋는 돌개비영 ᄀᆞ주웨기
소리ᄒᆞ는 어욱덜 얼거지멍 제주를 키우주

정낭

매날 비차락 들엉
안거리 밧거리 씰곡 무뚱도 씰곡
모커리 이문간 하간디 씰곡
마당이영 올렛질 크콜흐게 씰단
우리 할망 이 フ슬인 어디 가신고양

해녀콩 고장

우리 어멍은 좀녜
ᄒ를헤원 바당이서
물질ᄒ멍 펭승을 살앗주

바당 욜이 핀 해녀콩
곱닥ᄒ 우리 어멍 눗 닮아수다

도댓불 비념

하늘 바당 본본흔 날 뭬서
즌부름 불엉 뱃질 펜안흐게 흡서
댕겨올 땐 이 불빗 뚜랑
구짝 들어오게 흐여줍서

제주 사름덜 빙삭빙삭 웃게 흐여줍서

이어도를 찾아거네

저기
터올르기도 ㅎ곡
줌자기도 ㅎ멍
이어도 꿈 줍아뎅기는
붉은 행성

초집 이와기

우리어멍 물허벅 지엉
물 질레 가젱 ᄒ민
둘랑가켕 앙앙 울멘

늘랑 집이서 도세기 것 주곡
빙애기영 강셍이영 놀암시라

하르바님이영 쉐영

바레기에 꿈 솜빡 실렁
쉐영 ᄀ찌 혼 펭승 밧디로 드릇으로
구름 또랑 쉐ᄑ름 불멍 나삿주

하르바님 쉐가 아바님이영 나를
이만이나 키왓젠마씀

느영나영 손심엉
곱닥헌 무을 돌아보카

명도암 선생 기념비

명도암 야픈 디 안세미 오름 가는 질
묽은 하늘 푸른 곳디 비석 ᄒ나
세월도 가곡 사름도 갓주만 베롱낭 고장 피어신게
제주 교육의 선도자 그 공은 영원한 빛
사름덜 그 선싱 우쭈왕 태양추룩 모셥신게

하효동 슬픈 이야기

을큰흔 4·3수태 튼내멍
소리엇이 이녁자리 지키는 죽성
무을 사름덜 살리젱
무을을 지키젱
담 돌덜은 쉬는 시간이 엇엇주

봉개동 벨

봉아오름 명도암 웃무드네 고는새 새미
다섯 무을 흔모심 뒐 때
비로소 트는 벨

빈찍빈찍 빈찍빈찍
제주 질룽벨

곤을동

별도봉 누려왕 보민 무을터가 잇주
집도 사름도 도채비도 문 떠나분 무을터

집터영 우영담만 을큰흔 무음 삭이는
떠나지 못 흔 낭광 풀덜만 남앙
심방추룩 중은중은흐는 저슬 ᄀ리

봄 기별

봄은 젤 몬여 서귀포에서 움튼다

안직 눈발 눌리는 흔저슬이주만
꼿봉오지 베릿쌍 나오는
시흥리* 몰마농고장

*시흥리는 서귀포가 시작되는 마을

제주어 ㅁ을

군산 부려지는 창천리 질곳
창천초등흑교 가는 질바닥
요기로 이디로
저기로 저디로

창천 삼춘덜 막 고맙수다양

지구 탐사선

어이, 외계인
무시거 ᄒ레 완?

물 엇인 우리행성에 물 ᄀ져가젱
이디가 그 귀흔 물엉장이렝ᄒ난

ᄂᄆ심냥 질엉가라!

*1950~1995 마을공동수도시설 있던 자리(봉개초등학교 내)

쉬는 팡

아홉굿 무을 낙천리는
무심도 푼두그랑
셍이도 브름도 구름도
질 일러분 사름도 쉬엇당 가렝
큰 자리 내어 놓앗저

수눌음

제주 동펜 무을 당근 철
밧담 안은 흔디 수눌음
오늘은 순이네 밧 내일은 철수네 밧디
일당 엇인 수눌음 오고 가는 인정

산당화

전학 가분 명자 보고정 홀 그리에
꼭 명자고장 핀다
그리움은 제주도 동펜 막끝
쳇 남쪽 무을, 표선이서 온다
어느 봄날 명자영 그찌 놀단 울담 알로

소 도 리 쟁 이

밥주리

벨 바레기

하늘러레 가보젱
벨신디 미쳐보젱
밤을 지둘렷구나

벨 쿰에 오물락 앚앗단
멩년 봄, 꼿 피우젱

보물 촛일락

모살 ᄒᆞ나에 벨 ᄒᆞ나
모살 ᄒᆞ나에 둘 ᄒᆞ나
모살 ᄒᆞ나에 해 ᄒᆞ나
보물이 ᄀᆞ득

믄 ᄂᆞ 꺼여!

땅꼿도 속엣말 잇주

땅강셍이추룩
땅에만 붙언잇인덴
내무리지 말라게

나
아적 안 죽엇저

밥주리야, 늘아봐

날젱ᄒ멍 준뎌온 시간
나영 고찌 이선 고마와

접은 늘개 우산추룩 페와지민
친구야, 안녕

저 먼 하널로 구름 우이로 끝도 엇이 늘아가켜

연장시 물 우이 놀다

삐어진 비영기덜
믄 모다들엉
물 우이 놀아든다

오널은 물비영 자랑하는 날
느도나도 노프게노프게 셍이추룩

선사시대 증인

엉장 트멍 펜안흔 집

벳도 들곡
물도 싯곡
브름도 드나들곡

이만흐민 질룽이여

소도리쟁이 밥주리

느영나영 끝이호민 매날매날 일등

고넹이도 강셍이도
멘주기도 빙애기도

혼디 손심엉 살당 보민
빙삭빙삭 웃일 날만 이시매

엿날 엿젹 사름덜은

먹곡 자곡
찌리찌리 통ᄒᆞ민
서로서로 싸울 일도 엇주
쓸쓸 풀리는 예숙제낄락추룩

춤말 좋으켜

개삼동 점빵

족디족은 울음 하나 타젱 흠 뿐인디
아씩하게 그 안을 베려본 것 뿐인디
그 흔 방울 흔 방울에도 주연이 싯다는 걸
나중사 알앗저

개삼동아, 미안하다이

우리 혹교

와보젠?

우리덜 약속

선싱님광 우린 흔 무심

매날매날 웃이멍 곱닥흐게 크노렌

선싱님도 빙세기
우리도 빙세기

손꼬락에 찐 무음속 징멩

ㄱ슬 기벨

우리 교실에 촛안 온 소님덜
첨생이덜보다 더 한 허제비덜

올 ㄱ슬엔 드릇더레 나와 봐
교실서 공붜만 ㅎ지 말앙

드릇서 시도 씨곡 둘음박질도 ㅎ곡

쉬는 어간

조작벳디 들러퀴단 벨덜이
밤하늘 쪼작쪼작 곱닥흔 벨덜이
아쓱 쉬엄저

흐꼼 더 빈찍빈찍 빛나는
앞날을 눌아 보젱

상고지 흑교

매날 아칙 돌벵이 걸음으로
상고지 올르는 아으덜

매날 즈냑 나무늘보 무심으로
시상 익어내는 아으덜

시가 뒈고 기림이 뒈는 자파리 마당

스파이더맨추록

돌벵이만 기어올르는 건 아니주
ᄃ람지만 노프게 튀는 건 아니라
고넹이만 울담 넘어가는 건 아니주게

나도 훌 수 이서
구룸도 타곡 상고지도 심으커라

유리창 비밀

혹교 모청
아으덜 모 집이 가불민
무심속 ㄱ득ㅎ
아으덜 양지를 안내엉 보주

웃임 소리 말 소리 쩽쩽ㅎ주

영웅

오흐르기 흑교 두이 간 보앗주
게난 그디서 곱안 이신 영웅을 만낫주
구석구석 닦으곡
오디저디 빈찍빈찍ㅎ게
슬쩨이 흔 줄로 시침ㅎ는 모범생

감성 혹교

혹교 ㅅ방인 ㅅ시ㅅ철 꼿광 낭
이교실 저교실 믄 빙삭빙삭 웃임꼿
혹교 마당 축구공 교실 상방 명작화
혹교 책방서 꼬물대는 책덜

이녁만썩 멩글아지는 꿈송이

무심 일기

그냥 베림만 ㅎ여도 피는 꽃
ㅂ름광 벳 스침만 ㅎ여도 맞드는 글

베롱낭 유월설 아가판서스
추례추례 피어나는 우리 혹교

비가 ᄂ려도 눈발 눌아도 과짝

생태 체험 가는 날

매날매날 오널만 기다렷주
우리 흑교 생태 체험 가는 날
풀색 모즈 씨곡 배낭 메곡
제주 자연 탐색흐레 감주

사슴버렝이도 돌벵이도 지둘리라

글라글라 고찌 가게
곳자왈더레

세성제

우리 어멍 느량 말ㅎ엿주
싸울 땐 하늘쉐추룩 싸왕이라도
심들땐 개염지추룩 ㅎ디 심을 모두우렝
기영ㅎ여사 성제렝

우린 철통 같이 약속 지키주

정글북

누게 누게 뎅겨가신고
누게 누게 살암신고

평대 비자림 곳디 걷당 보민
왕하르바님 하르바님 아버지 돌본

위대흔 원시림이여

티라노사우루스 놀이터

제주 곶자왈 이디저디
티라노사우루스 눈추룩
꿈막꿈막 ㅎ염저

아멩ㅎ여도 제주는 티라노사우루스
들러퀴어난 자파리 마당이라신가

90

곱을락

버렝아 애기버렝아 비를 좋아흐는 애기버렝아
어드레 곱안디 벵디물에 곱안댜

친구야 친구야 벨을 좋아하는 친구야
아멩 촛아봐도 머리껄도 안 보염저

지금 나오민 백록담 주마 새별오름 주마

환상숲 음악당

지휘자는 돌엉
연주자는 ㅂ름 낭 풀
보는 귀경꾼은 셍이 나비 불란지

봄 ㅇ름 ㄱ슬 저슬 느량 이신
곶자왈 연주회

누게도 몰르게

고릴라가 풀색곳으로 무장ᄒ고
곶자왈 제주를 탐색 중이다

앤을 잊지 못ᄒ영 춧으레 온
그 감성주의파 킹콩추룩
제주에 그대로 어울엉 살민 어떵ᄒ지?

행위예술가

온몸으로 사려니곶을 아우르는 저 춤꾼

사람덜도 어울엉 둥실둥실 둑지춤
줌자단 곶자왈덜이 살아남저

인기쟁이 춤꾼 이선
사려니곶디는 매날매날 사름덜로 フ득

머체왓 곳디 지킴이

꽃향유도 난쟁이로 몰라가곡
멩게낭도 새비낭도 붉은 곳 지낭
검푸른 숙데낭 펜백낭 곳디
붉은 단풍 수이에 찌어
하간 욕심 벗어뒌 셍각ᄒ는 시인뒛저

곳디 심장

먼 디선 안 봐저도
ㄱ차이 ㄱ차이 갈수록 잘 봐지는
우주 보석알
베낏시상이 몬 판난덴ㅎ여도
중심이 튼튼ㅎ민 우리는 묽고 곱닥

서귀포 치유의 곶디 가민

짚고 지픈 곶자왈 걷당
난디엇이 ㄱ슬비 누리곡
거여미줄추룩 으남 복작ㅎ여도
느영 혼디 이시민 훤ㅎ엿주
돌고 돌아 원점끄지 느량

고넹이영
돌벵이영

검은제비꼬리나비

어디선가 휘리릭 놀아완
ㅁㅇㅁ 속에 톡 들어 앚인
비밀 펜지
슬짝 페완보난 흔 줄 흔 줄
ㄱ실 그림이 새겨젼 잇저

돌벵이 놀레

ㄱ끔 비끗ㅎ는 날 이시민
구름 속을 놀아 봐
속에 골랏단 불만덩어리덜이
엇어지는 걸 알메
구름 우이서 ㅁ음을 싯쳐내는 거주

어멍 상내

우리 어멍신디선 꽃 내가 나

세비꽃 굴으기도 흐곡
인동고장 굴으기도 흐곡

엇다엇다 둘둘흔 상내
우리 어멍은 사과꽃 상내

나 누게게?

브름 타곡 구름 타곡
지구에 놀레 온

파랑 나라 외계인

ㅂㄹㅁㄷㄹㄱ

춤추멍 빙글빙글
놀레 불르멍 빙글빙글

해님 앞이서도
돌님 앞이서도

쉼도 엇이 빙글빙글

코사지

ᄇᆞ름광 볏살광 이실이
모다 앚안 맹근
곱닥훈 꼿

우리 어멍 가심에
돌아주고정 ᄒᆞ다

똥꼿

어마떵어리, 춫앗져!

저듸 저 고장덜도
느가 싸 놓은
똥이랏구나!

단짝 친구

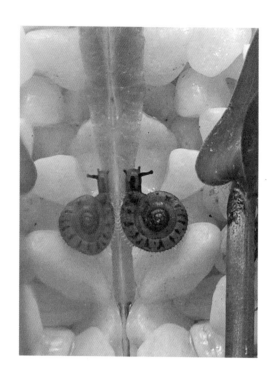

우린 너미 닮안
좋아하는 옷도 책도
좋아하는 놀레도 운동도
이루후제 시인 뒈켄하는 꿈도

느 이선 소망 일엇저

나는 비행사

흐꼼만 춤으민
꿈꾸단 일이 잘 뒐 거여

누게라도 기회는 잇주
기영ㅎ 난 심들어도 흐꼼만 지둘리게

는 곧 늘게 둘앙 하널을 눌아뎅길 거여

생일 선세

너미 곱닥흔 느가
이 시상에 귀빠진 날

빙세기 웃이멍
체암으로 일름 불르단 날

축하흔다는 말보단 므여 내민 꼿가락지

어부바

어멍 등에 어부바 ᄒᆞ민
자랑자랑 자장가 엇어도
두 눈이 곰실곰실

어멍 등에 어부바 ᄒᆞ민 무심이 ᄄᆞᄄᆞᆺ
이불보다 더 포그롱ᄒᆞᆫ 우리 어멍 등

제주어 디카 동시

소도리쟁이 밥주리

이야기꾼 잠자리

돌하르방,
편안하신가요

별도봉 철학자

가을 새벽 오르막길 돌하르방

저 오름 너머 뭐가 있을까
저 바다 너머 뭐가 있을까
갸우뚱갸우뚱

비행기 타서 쓩 날아봤으면

앞내창교 돌하르방

고산에서 신도로 가는
내천만 지키는 줄 알았더니

수월봉과 당산봉 녹남봉도 지킨다
마을 사람들도 지킨다

나도 돌하르방처럼 지킴이 되어야지

할아버지, 고마워요

깊은 밤에도 뜬눈으로
제주를 지키는 할아버지
그래서 제주는 늘 환해요

할아버지 덕분에
나도 쑥쑥 잘 커요

돌하르방이 하는 말

얘들아, 걱정하지 마라

공부 좀 못한다고
달리기 꼴등했다고
숙제 잊어버렸다고
마음 작아지면 안 된다

비양도 해설사

섬 속의 섬 비양도로 오세요

비양봉 오르면 비양나무 사방팔방 바다
펄랑못엔 황근 해녀콩 갯패랭이 피어나고
섬휘파람새 바다갈매기 청둥오리 놀러와요

코끼리 바위 애기업은 돌 정말 신기해요

나를 팝니다

가을 되면 노르스름한 귤들이
서귀포에 가득해요

한라봉 천혜향 레드향 황금향
예쁜 이름이 수두룩

과일 중에 최고지요

제주국제공항에 오셨나요

잘 오셨습니다 탐라국에
잘 오셨습니다 감귤국에
잘 오셧습니다 한라산국에
잘 오셨습니다 이어도국에

재미있게 놀다 가세요

가을 소풍

나 오늘은 멋 많이 부렸지

초록 넥타이에 초록 바지
가을 바람 솔솔 부니
나도 놀러 가고 싶다

나랑 같이 갈 사람 여기 모여라

사이좋게

너랑 나랑 웃으며 지내면
엄마도 들썩들썩 웃고
아방도 흥삭흥삭 웃고
마을 사람들도 덩싹덩싹 웃지

어깨동무 업어주기 숨바꼭질하며 놀자

그래그래

왜 그렇게 나에게 바라는 게 많은지

공부 일등하게 해주세요
부자되게 해주세요
에쁘게 해주세요

그래그래 너희들 소원 다 들어줄게

여기가 제주도입니다,

어서 오세요

성산포

제주에 오면 가장 먼저 찾는 곳

일출봉에서 해를 만나고
섭지코지에서 바람을 선물 받고
터진목에서 4·3의 아픈 눈물을 뿌려요

눈으로 보고 마음으로 속상해요

숨비소리

하루 종일 물질하다
잠시 쉬는 시간

호오이 호오이
아직도 입가에 맴도는
해녀의 노래

한라산의 꿈

제주 사람들에게 귤은 꽃이지요
귤이 노랑노랑 익어갈 때
한라산엔 서둘러 눈꽃 피지요
동글동글 노란 귤 맺게 해준 한라산은
수천의 꿈 만들어 다시 되돌려 줘요

제주의 보물

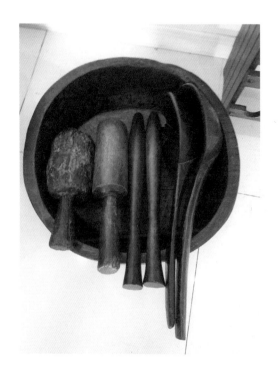

빨래방망이 덩드렁방망이
다듬이방망이 밥주걱
어느 것 하나 버릴 것 없네

대대손손 물려준 제주의 소중한 보물들
잊으면 안 되지

제주의 꽃

설문대할망 돌하르방 말 잘 들었지?

딸아, 잊지 마

탐라는 뿌리, 제주는 줄기
너는 꽃

오름마다 피어나는 억새처럼

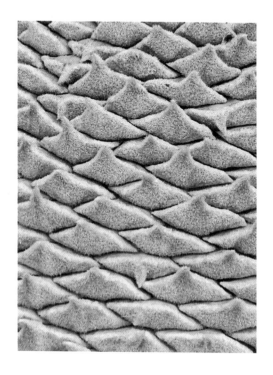

오름 하나하나에 신화가 깃들고
오름 하나하나에 역사가 숨 쉬고
오름 하나하나에 꿈이 달려 있어요

발 끝에 돋아나는 달개비와 사마귀
환호하는 억새들 어우러져 제주를 키우지요

정낭

매일 빗자루 들고는
안방 사랑방 쓸고 문밖도 쓸고
곁채 문간채 여기저기 쓸고
마당과 올렛길 깨끗하게 쓸던
할머니 이 가을엔 어디 계신가요

해녀콩 꽃

우리 엄마는 해녀
하루 종일 바다에서
물질하며 일생을 바쳤지요

바닷가에 핀 해녀콩꽃
고우신 어머니 얼굴 같습니다

도댓불의 기도

하늘 바다 잔잔한 날 되소서
순풍 불어 뱃길 순탄하게 하소서
돌아올 땐 이 불빛 따라
곧바로 들어오게 하소서

제주 사람들 활짝 웃게 하소서

이어도를 찾아서

저기
떠오르기도 하고
잠기기도 하면서
이어도의 꿈 끌어당기는
붉은 행성

초가집 이야기

우리 엄마 물허벅 지고
물 길러 가려 하면
따라간다고 엉엉 울어요

너는 집에서 돼지 밥 주고
병아리랑 강아지랑 놀아줘야지

할아버지랑 소랑

달구지에 꿈 가득 싣고
소와 함께 한평생 밭으로 들로
구름 따라 휘파람 불며 나섰지요

할아버지의 소가 아빠와 나를
이만큼 키웠대요

너랑 나랑 손잡고
예쁜 마을 돌아볼까

명도암 선생 기념비

명도암 낮은 곳 안세미 오름 가는 길
푸른 하늘 푸른 숲 배경 두른 비석 하나
시대도 가고 사람도 갔지만 백일홍 피었네
제주 교육의 선도자 그 공은 영원한 빛
민초들 그를 우러러보며 태양처럼 섬기네

하효동 슬픈 이야기

4·3의 아픔 간직한 채
묵묵히 제자리 지키는 죽성
주민을 살리기 위하여
마을을 보호하기 위하여
현무암은 밤낮으로 바빴대요

봉개동 별

봉아오름 명도암 웃무드네 고는새 새미
다섯 마을이 한마음 될 때
비로소 뜨는 별

반짝반짝 반짝반짝
제주의 중심별

곤을동

별도봉 내려와 보니 마을이 사라졌다
집들이 사람들이 도깨비처럼 사라졌다

집터와 돌담만이 남아 흐느끼고
허무한 나무와 풀들만 살아남아
무당처럼 들썩이는 겨울 언저리

봄 소식

봄은 맨 먼저 서귀포에서 움튼다

아직 눈가루 흩날리는 한겨울인데
막을 깨고 꽃망울 선보이는
시흥리* 제주수선화

*시흥리는 서귀포가 시작되는 마을

제주어 마을

군산이 보이는 창천리 길가
창천초등학교 가는 길바닥
여기로 대신 이디로
저기로 대신 저디로

창천 삼춘들 정말 고마워요

지구 탐사선

어이, 외계인
뭐 하러 왔니?

우리 행성에 물이 필요해
이곳이 그 귀한 물웅덩이라던데

얼마든지 길어가!

*1950~1995 마을공동수도시설 있던 자리(봉개초등학교 내)

쉼터

아홉굿 마을 낙천리는
마음도 여유만만
새도 바람도 구름도
길 잃은 사람도 쉬다 가라고
큰 자리 내어 놓았다

수눌음

제주도 동쪽 마을 수확철 오면
밭담 안은 상생 네트워크
오늘은 순이네 밭 내일은 철수네 밭
무품삯 품앗이 꽃 핀다

산당화

전학 간 명자가 보고 싶을 즈음이면
꼭 명자꽃이 핀다
그리움은 제주도 동쪽의 맨끝
첫 남쪽 마을, 표선에서 온다
어느 봄날 명자와 함께 놀던 담장 아래로

이야기꾼

잠자리

별 바라기

하늘에 닿으려고
별에게 닿으려고
밤을 기다렸구나

별 품에 폭 안겼다가
내년 봄, 꽃 피우려고

보물 찾기

모래알 한 알에 별 하나
모래알 한 알에 달 하나
모래알 한 알에 해 하나
보물이 가득

모두 네 거야!

채송화의 하소연

땅강아지처럼
땅에만 붙어있다고
무시하지 마

나
아직 죽지 않았어

잠자리야, 날아 봐

날아오르기 위해 참아온 시간
나와 함께 해줘서 고마워

접었던 날개 우산처럼 펼쳐지면
친구야, 안녕

저 먼 하늘로 구름 위로 끝없이 날아갈래

소금쟁이 물 비행

흩어졌던 전투용 비행기들
모여들어
물 위로 날아든다

오늘은 물비행쇼 하는 날
너도나도 더 높이 새처럼

선사시대 증인

바위틈 아늑한 곳

햇살도 들고
빗물도 들고
바람도 드나들지만

이만한 편안한 집 없지요

이야기꾼 잠자리

너랑 나랑 같이하면 매일매일 일등

고양이도 강아지도
올챙이도 병아리도

함께 손잡고 살다 보면
방글방글 웃을 날만 있거든

옛날 옛적 사람들은

먹고 자고
끼리끼리 통하면
서로서로 싸울 일도 없다
술술 풀리는 수수께끼처럼

정말 좋겠다

까마중 슈퍼

작디작은 열매 한 알 따려던 것뿐인데
잠시잠깐 그 안을 들여다본 것뿐인데
그 한 알 한 알에도 주인이 있다는 걸
뒤늦게 알았네

까마중아, 미안해

우리 학교

와 볼래?

우리들 약속

선생님과 우리는 한마음

매일매일 웃으며 예쁘게 자라라

선생님도 웃음꽃
우리도 웃음꽃

손가락에 끼워준 마음의 증표

가을 소식

우리 교실에 찾아온 손님들
참새 떼보다 더 많은 허수아비 아저씨 떼

올 가을엔 들판에 나와 보렴
교실에서 공부만 하지 말고

들판에서 시도 쓰고 달리기도 하고

쉬는 시간

땡볕 아래 빵빵 뛰놀던 별들도
밤하늘 조잘조잘 오색별들도
잠시 쉰다

좀더 반짝반짝 빛나는
미래로 날기 위하여

무지개 학교

매일 아침 달팽이 걸음으로
무지개 타는 아이들

매일 저녁 나무늘보 마음으로
세상 읽어내는 아이들

시가 되고 그림이 되는 놀이터

스파이더맨처럼

달팽이만 기어오르는 건 아니야
다람쥐만 높이 뛰는 건 아니야
고양이만 담장 넘는 건 아니야

나도 할 수 있어
구름도 타고 무지개도 잡을래

유리창의 비밀

학교 끝나고
아이들 집에 가 버리고 나면
마음속에 가득 담아둔
아이들 얼굴을 꺼내 봐

웃음 소리 말 소리 생생해

영웅

어느 날 학교 뒤뜰에 가보았어
글쎄 그곳에서 숨겨진 영웅 만났지 뭐야
구석구석 닦고
여기저기 반짝거리게 하고
조용히 일렬로 내숭 떠는 모범생

감성 학교

학교 둘레엔 사시사철 꽃과 나무
교실 마다마다 지지 않는 웃음꽃
운동장엔 축구공 복도엔 명작화
도서관엔 살아 숨 쉬는 책들

저절로 만들어지는 꿈송이

마음 일기

그냥 보기만 해도 꽃이 피고
바람과 햇살 껴안아 주면 귤이 익어요

베롱나무 유월설 아가판서스
차례차례 피어나는 우리 학교

비가 와도 눈이 와도 쓰러지지 않아요

생태 체험 가는 날

매일매일 오늘만 기다렸지
우리 학교 생태 체험 가는 날
초록 모자 쓰고 배낭 메고
제주 자연 탐색하러 출발

사슴벌레도 달팽이도 기다려라

가자 가자 같이 가자
곶자왈에

삼 형제

엄마가 시도 때도 없이 말했지
싸울 땐 장수풍뎅이처럼 싸우더라도
힘들 땐 개미처럼 서로 꼭 뭉치라고
그게 형제라고

우린 철통같이 약속 지킨다

정글북

누가 누가 다녀갔을까
누가 누가 살았을까

평대 비자림 속 걷다 보면
왕할아버지 할아버지 아빠가 가꾼

위대한 원시림 같다

티라노사우루스 놀이터

제주 곶자왈 곳곳엔
티라노사우루스 눈알들
꿈벅거린다

아마도 제주는 티라노사우루스
뛰놀던 놀이터였나 봐

숨바꼭질

애벌레야 애벌레야 비를 좋아하는 애벌레야
어디어디 숨었니 벵듸못에 숨었니

친구야 친구야 별을 좋아하는 친구야
아무리 찾아봐도 머리카락도 안 보인다

지금 나오면 백록담 줄게 새별오름 줄게

환상숲 음악당

지휘자는 바위
연주자는 바람 나무 풀
관객은 새 나비 반딧불이

봄 여름 가을 겨울 쉬지 않는
곶자왈 연주회

아무도 모르게

고릴라가 초록숲으로 무장하고
곶자왈 제주를 탐색 중이다

앤을 잊지 못해 찾으러 온
그 감성주의파 킹콩처럼
제주에 그대로 눌러 살면 어쩌지?

행위예술가

온몸으로 사려니숲을 아우르는 저 춤꾼

사람들도 덩달아 둥실둥실 어깨춤
잠자던 숲이 살아난다

인기쟁이 춤꾼이 있어
사려니에는 매일매일 사람들이 가득

머체왓 숲 지킴이

꽃향유도 난쟁이로 말라가고
청미래 찔레도 갈빛인 숲 지나
원시림 삼나무 편백나무 숲
붉은 단풍 사이에 끼어 앉아
모든 욕심 잊고 명상하는 시인

숲의 심장

먼발치에서는 보이지 않지만
가까이 다가갈수록 선명해지는
우주의 알맹이
모든 밖이 헐벗어진다 해도
중심이 단단하다면 우리는 맑디 맑음

서귀포 치유의 숲에 가면

깊고 깊은 숲길 걷다가
가을비 예고 없이 내리고
거미줄처럼 안개 자욱해도
너와 함께여서 환했어
돌고 돌아 원점까지 줄곧

고양이랑

달팽이랑

검은제비꼬리나비

어디선가 휘리릭 날아와
마음 한가운데 톡 나앉은
비밀 편지
살짝 펼쳐보니 한 줄 한 줄
가을의 무늬 새겨져 있다

달팽이의 노래

가끔 삐그덕거리는 날 있으면
구름 속을 날아 봐
안에 고였던 불만덩어리들이
흩어지는 걸 알게 돼
구름 위에서 감정을 청소하는 거야

엄마 냄새

우리 엄마에게는 꽃 냄새가 나

찔레꽃 같기도 하고
인동초 같기도 하고

아니아니 달콤한 향기
우리 엄마는 사과꽃 냄새

나 누구게?

바람 타고 구름 타고
지구에 놀러 온

파랑 나라 외계인

바람개비

춤추며 빙글빙글
노래 부르며 빙글빙글

해님 앞에서도
달님 앞에서도

쉬지 않고 빙글빙글

코사지

바람과 햇살과 이슬이
모여 앉아 만든
예쁜 꽃

우리 엄마 가슴에
달아주고 싶다

똥꽃

어머나, 찾았다

저기 저 꽃들도
네가 퍼질러 놓은
똥이었구나!

단짝 친구

우리는 너무 닮았어
좋아하는 옷도 좋아하는 책도
좋아하는 음악도 좋아하는 운동도
먼 훗날 시인이 된다는 꿈도

네가 있어서 너무 좋아

나는 비행사

조금만 참으면
꿈꾸던 일이 이루어질 거야

누구나 기회는 있지
그러니 힘들어도 조금만 기다려

너는 곧 날개 달고 하늘을 날 테니까

생일 선물

너무나 예쁜 네가
이 세상에 태어난 날

방긋 웃으며
처음으로 이름을 부르던 날

축하한다는 말보다 먼저 내민 꽃반지

업어주기

엄마 등에 업히면 잠이 솔솔
자장자장 자장가 불러주지 않아도
두 눈이 스르르

엄마 등에 업히면 마음이 따뜻
이불보다 더 포근한 엄마의 등

양순진 시인의

제주어

사전

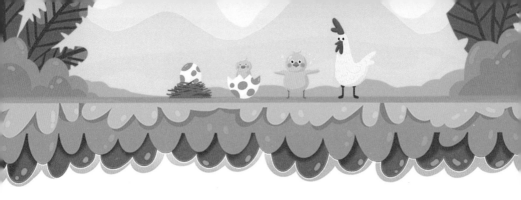

제주어 베와보카 1단계

인사하는 법 글아보카

오젠흐난 복삭 속앗수다 오시느라 수고 많으셨어요
잘 갑서양 안녕히 가세요
펜안흡디강 안녕하세요
흔저 옵서 어서 오세요

제주어 베와보카 2단계

동물 일름 글아보카

가마귀 까마귀	두람쥐 박쥐	쉐 소
간치 까치	돌벵이 달팽이	염쉐 염소
강셍이 강아지	말축 메뚜기	재열 매미
게염지 개미	멘주기 올챙이	주넹이 지네
게우리 지렁이	물 말	중이 쥐
고넹이 고양이	뭉셍이 망아지	지달이 오소리
공중이, 공쟁이 귀뚜라미	밥주리 잠자리	지름버렝이 바퀴벌레
굴개비 개구리	베염 뱀	집웃인돌벵이 민달팽이
노리 노루	비죽생이 종달새	굿나비 원숭이
도세기 돼지	빙애기 병아리	춤생이 참새
두테비 두꺼비	소낭버렝이 송충이	퉤끼 토끼
두라미 다람쥐	송애기 송아지	

제주어 베와보카 3단계

바당생물 일름 글아보카

각제기 **전갱이**	보말 **고둥**
객주리 **쥐치**	복젱이 **복어**
거드락지 **소라게**	솔라니, 솔래기, 오토미 **옥돔**
고넹이방석, 가마귀방석 **불가사리**	오분재기 **오분자기**
곰수웨기, 수애기, 곰세기, 곰수기 **돌고래**	오징에 **오징어**
구살, 쿠살, 귀 **성게**	종도래기 **가마우지**
구젱기 **소라**	줌복, 생복 **전복**
깅이, 겡이 **게**	해숨 **해삼**
마굴치 **아귀**	
메역 **미역**	
멜 **멸치**	
물꾸럭, 문개, 뭉개 **문어**	
물토새기 **군소**	
베체기 **거북손**	

제주어 베와보카 4단계

식물 이름 골아보카

개꽝낭 쥐똥나무
개엿귀 개여뀌
구름비낭 까마귀쪽나무
노가리 주목나무
느멀 배추
다가죽낭 예덕나무
도채비고장 수국꽃
둑고달 맨드라미
땅꼿 채송화
매설낭 매실나무
멩게낭 청미래덩굴
무수, 눔비 무
밀푸께 땅꽈리
물오좀, 개삼동 까마중
벗낭 벚나무
베염고장 봉선화
보리콩 완두콩
비자낭 비자나무
새비꼿, 새베고장 찔레꽃
세우리 부추
숨부기꼿 순비기꽃
신달유 참꽃나무

쑥데낭 삼나무
쓴부르게 민들레
양에 양하
엥도낭, 어영뒤낭 앵두나무
유채고장 유채꽃
인동고장 금은화, 인동초
저슬사리 참으아리
전기꼿 진달래꽃
족낭 때죽나무
지슬 감자
진쿨 별꽃
ㅈ베낭 구슬잣밤나무
탈 딸기
틀낭 산딸나무
패마농 잔파
푸께, 푼철귀 꽈리
피풍낭 사스레나무
폭낭 팽나무
하늘레기 하늘타리
할으비고장 할미꽃
호랭이콩 호랑이콩

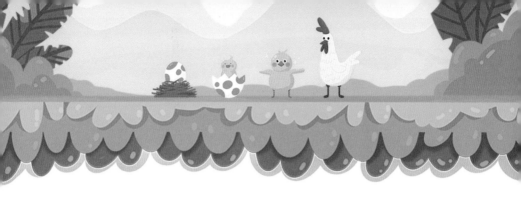

밭에 나는 검질 일름

개고치 여뀌	비늠 비
대우리 메꿰리	산뒤삼춘 동방사니
독쿨 여우구슬	재완지, 참비름 바랭이
무릇 물릇	젯쿨 비단풀
ᄆ작술 우슬	천상쿨 망초
베염술 소리쟁이	친쑵 왕모시
복쿨 깨풀	푸께 꽈리

제주어 베와보카 5단계

의성어 골아보카

괄락괄락 꿀꺽꿀꺽	와상와상 아삭아삭
소르릉소르릉 쓱싹쓱싹	왈캉돌캉 왈가닥달가닥
앙앙작작 왁자글왁자글	차작차작 짝짝
옹작옹작 옹잘옹잘	코롱코롱 콜콜
와당와당 와다닥와다닥	콜롱콜롱 콜록콜록

제주어 베와보카 6단계

의태어 글아보카

거랑거랑 너덜너덜

과랑과랑 햇볕이 쨍쨍 비치는 모양

금착금착 깜짝깜짝

꼬글꼬글 꼬불꼬불

꾸물락꾸물락 꾸무럭꾸무럭

끄막끄막 끄덕끄덕

노긋노긋 노곤노곤

느랏느랏 힘이 빠져서 나른히 늘어진 모양

느닥는닥, 느달는달, 문달문달 는적는적

다락다락 주렁주렁

닥닥 덜덜

대군대군 자근자근

대작대작 덕지덕지

멘들멘들 매끈매끈

지락지락, 지랑지랑, 지락지락 주렁주렁

펠롱펠롱 반짝반짝

프뜰프뜰 펄펄

흔들흔들 한들한들

제주어 베와보카 7단계

감정 표현 골아보카

두령청ㅎ다 어리둥절하다   실망풀어지다 실망하다

들칵ㅎ다 충격적이다   쓸쓸ㅎ다 쓸쓸하다

똘림받다 소외당하다   애좃다 속상하다

메푸다 억울하다   울구정ㅎ다 울고 싶다

물투룸ㅎ다 원망스럽다   을큰ㅎ다 서운하다

ᄆᆞ숩다 겁나다   잘콴다리여 통쾌하다

보그락ㅎ다 포근하다   지꺼지다 기쁘다

부에나다 화가 나다   ᄌᆞ들아지다 걱정하다

부추롭다 부끄럽다   ᄌᆞ미지다 재미있다

세염나다 샘나다   ᄏᆞ삿ㅎ다 만족하다

숨ᄇᆞ롭다 짜증나다   콤콤ㅎ다 막막하다

제주어 베와보카 8단계

우리 몸 일름 골아보카

가심 가슴   양지, 눗 얼굴

꽝 뼈   웃둑지 어깨

니염 잇몸   종애 종아리

독ᄆᆞ릅 무릎   풀 팔

세 혀

제주어 베와보카 9단계

계절 일름이영 날씨 글아보카

갈ᄇ름, 섯갈, 섯갈ᄇ름 서풍

건들ᄇ름 남쪽에서 불어오는 시원한 바람

ᄀ슬 가을

마ᄑ름 남풍

무큰ᄒ다, 물쿠다 푹푹 찌는 듯 무덥다

몱음 맑음

벳 햇볕

봄 봄

빗살ᄒ다 비가 내리기 시작하다

ᄇ름, ᄇ룸 바람

ᄇ름코지 바람이 많이 부는 곳

샛ᄇ름 동풍

ᄉ레기눈 싸락눈

우친 날 진날, 흐리고 비나 눈이 와서
　　　좋지 않은 날

ᄋ름 여름

저슬 겨울

하늬ᄇ름 북풍

험벅눈 함박눈

206

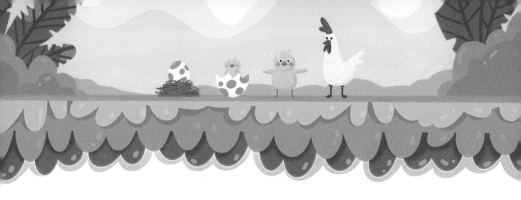

제주어 베와보카 10단계

숫자영 달력이영 글아보카

호나 하나   호루 1일
둘 둘   이틀 2일
싯 셋   사흘 3일
닛 넷   나흘 4일
다슷 다섯   닷새 5일
오숫 여섯   옷새 6일
닐곱 일곱   일뤠 7일
오답 여덟   오드레 8일
아옵 아홉   아으레 9일
열 열   열흘 10일

제주어 베와보카 11단계

가족 관계 글아보카

똘 딸	어멍 어머니
성 언니, 형	오라방, 오라버니 오빠
손지 손자	웨하르바지 외할아버지
아둘 아들	웨할마니 외할머니
아방 아버지	하르방, 하르바지, 하르바님 할아버지
아시 동생	할망, 할마니, 할마님 할머니

제주어 베와보카 12단계

제주 오름, 바당 일름 글아보카

오름

거문오름	다랑쉬오름	손지오름	절물오름
고근산	물영아리오름	아부오름	지미봉
군산	물찻오름	용눈이오름	한라산
노꼬메오름	삼의악	저지오름	

바당

고산바당	남원바당	신흥바당	표선바당
곽지바당	무릉바당	영락바당	한림바당
금능바당	성산바당	원정바당	협재바당
김녕바당	신도바당	이호바당	

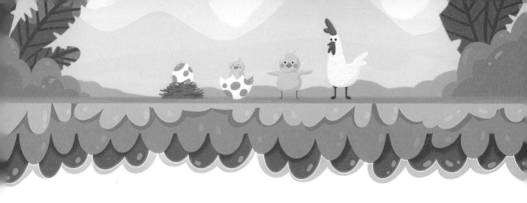

제주어 베와보카 13단계

제주도 음식 일름 골아보카

갈치호박국 갈치호박국
구살국 성게국
구젱기물회 소라물회
동지짐치 동지김치
멜국 멸치국
몸국 모자반국
보리개역 보리 미숫가루
보리쉰다리 보리 쉰다리
보말죽 고둥죽

빙떡 빙떡
상웨떡 상외떡
양엣간지 양하장아찌
우미냉국 우무냉국
자리젓 자리돔젓
자리훼, 자리물훼 자리물회
조팝 조밥
톨밥 톳밥

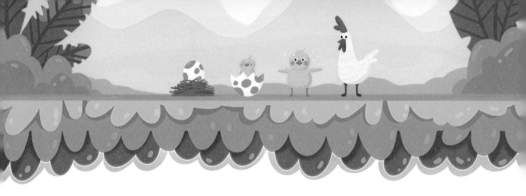

제주어 베와보카 14단계

제주도 문화 골아보카

갈옷 제주 전통의상으로 주로 노동복으로 이용됨.

궨당문화 제주의 궨당은 '삼춘'이라는 말로도 표현이 되며 동네 대부분
이 '사돈'과 '팔촌'으로 맺어진 친·인척 관계를 일컫는다.

돗통시 화장실과 돼지우리가 결합된 공간. 음식물 쓰레기와 분뇨 처리
장소, 농가 소득원, 농작물 생산을 위한 퇴비를 만드는 독특한 제
주만의 주거 문화였다.

돼지 오줌보 축구 공 대신 돼지오줌보로 축구하는 것. 우선 돼지 오줌보
표면의 기름기를 떼어내 고무장갑처럼 질겨지길 기다린다. 그러
곤 바닥에 놓고 신발로 살살 문지르면 안에 있는 오줌이 빠져나온
다. 빨간 실핏줄이 드러나고 손바닥만 한 크기가 된다. 이후 관 형
태의 밀짚대로 바람을 넣으면 축구공처럼 빵빵해진다. 바람을 넣
은 뒤 끄트머리는 풍선처럼 매듭을 맨다.

수눌음 품앗이와 유사한 노동력 교환 형태를 말하는 제주 전통의 미풍양속.

신구간 제주도만의 독특한 이사 풍습. 24절기의 하나인 대한 후 5일째
되는 날부터 입춘 전 3일까지.

오메기떡 차조가루를 반죽하여 만든 삶은 떡에 콩가루나 팥고물을 묻혀
먹는 제주도의 대표적 향토음식.

제주 돌담의 종류 통싯담, 울담, 밧담, 원담, 산담, 잣담

제주의 다양한 신 주목지신, 정살지신, 문전신, 조왕신, 칙도부인, 오방
토신, 안칠성, 밧칠성, 눌굽지신, 테우리신, 강림도령, 자청비, 영
등할망, 삼승할망, 할락궁이, 감은장아기

제주의 마을제 제주 칠머리 영등굿, 송당리 마을제, 납읍리 마을제
제주해녀문화 제주해녀문화는 세계적으로 희귀한 존재인 제주도의 해
　　녀들을 중심으로 오랜 세월에 걸쳐 독자적으로 전승되어 온 기술
　　및 문화를 가리킨다. 2009년에 제정된 '제주특별자치도 해녀문화
　　보존 및 전승에 관한 조례'에 따르면, 해녀문화란 제주해녀들이 물
　　질과 함께 생활에서 생겨난 유·무형의 문화유산을 말하며, 여기에
　　는 물속에 들어가는 나잠(裸潛) 기술과 어로(漁撈)에 관한 민속지
　　식, 신앙, 노래, 작업 도구와 옷, 공동체의 습속 등이 포함된다고
　　정의하고 있다.

양순진 시인이 좋아하는 제주어 12개

간세 게으름	설러불다 그만두다
고넹이방석 불가사리	술그랭이 고스란히
곱을락 숨바꼭질	아멩이나 마음대로
메께라 어머	예숙제낄락 수수께끼
부끌레기 거품	ᄋᆞ망지다 똘똘하다
부름씨 심부름	펠롱펠롱 반짝반짝

제주어 전파
활동 모습들

소도리쟁이 밥주리

2024년 11월 15일 초판 1쇄 발행

지은이   양순진
제주어감수   김순란(제주어보전회)

펴낸이   김영훈
편집장   김지희
디자인   김영훈
편집부   이은아, 부건영
펴낸곳   한그루
             출판등록 제6510000251002008000003호
             제주특별자치도 제주시 복지로1길 21
             전화 064 723 7580 전송 064 753 7580
             전자우편 onetreebook@daum.net   누리방 onetreebook.com

ISBN 979-11-6867-188-1 (73810)

이 책은 제주특별자치도와 제주문화예술재단의 2024년도 제주문화예술지원사업 후원을 받아 발간되었습니다.

값 17,000원